KB267681

북소리

새로운 눈 ②

북 소 리

김백겸 시집

새로운눈

기획위원
최 영 철, 정 일 근, 유 종 화, 박 철

● 自序

"모름지기 글은 그 뜻을 얻어야 귀하다"라고 한다
뜻을 얻기 위해 나름대로 인생이라는 저자 거리에 서서
여기 저기 점포를 기웃거려 보았다

마음이 혹할만한 상품이 쇼 윈도우에 있었을 적에는
생존에 바빠 시간이라는 구매력이 없었고
신용카드라도 쓸 수 있는 처지가 되었을 적에는
이미 그 상품은 매력을 잃고 사는데 번잡한 물건이
되어있었다

내 글도 이와 같아서 이미 번잡한 물건이 되어 있는
것이나 아닌지 의심스럽다
주위 사람들의 선처로 글을 묶었으나 뜻을 얻기는 고사하고
어느 물건을 사야할지 몰라 거리를 방황한 백수이야기가
되고 말았다

그러나 백수는 시인의 권리이고 백수의 생각을 한가로이
읽어주는 분이 있다면 그 또한 인연이라 생각한다

임오년 정미월

地山 김백겸(金伯鎌) 시인은 대전 출생으로 충남대학교 경영대학원을 졸업했다. 1983년 서울신문 신춘문예에 '기상예보'가 당선되어 문단에 나왔다. '시힘', '신인문학', '화요문학' 동인이며, '민족문학작가회의'와 '한국시인협회' 회원이기도 하다. 시집으로 "비를 주제로 한 서정별곡"(1987, 문학사상사), "가슴에 앉힌 山 하나"(1995, 새미)가 있으며, 현재 한국원자력연구소 감사실에 근무하고 있다.

1

햇빛의 말씀

페르소나

장군이 입은 갑옷 한 벌을
나, 소원하였다
적으로부터 나를 안전하게 보호할 수 있는
든든한 빽이라 여겼으므로

갑옷을 입으면 내 정신이 위엄을 갖추게 되고
몸은 투명한 신비에 싸여
창과 칼도 운명을 피해가리라 꿈꾸었으므로

갑옷을 갖기 위해
나, 학문과 지식을 단련하였다
예술과 철학을 합금한 강철로
갑옷을 해 입으면

갑옷은 번쩍이는 햇빛 속에 훈장처럼 눈부셔
사람들이 모두 감명을 받으리라
오해했으므로

그 갑옷 속에서
사십을 넘긴 내 몸이 비명을 지른다

천릿길 장도(長途)에 선 죄수처럼
발목에 허영을 족쇄로 채워 비틀거린다

갑옷을 벗고 싶어도 벗지 못한다
나는 어느새 사라지고
갑옷이 바로 내가 되었으므로

갑옷이 나를 대신해 사람들과 악수하고
저 홀로 인생을 살아가므로

햇빛의 말씀

햇빛이 와서 나뭇잎 신경을 건드리고 있습니다
무슨 말을 하려는 것일까요
메시지를 적은 쪽지를 파도에 올려
햇빛은 한시도 쉬지 않고 쉴 새 없이 베란다 화분 위의
시간에 부서지고 있지만

내 마음은 눈이 멀고 귀가 먹은 장애인일까요
아니면 경제에 눈먼 중년의 바쁜 생활일까요
햇빛이 강물처럼 흘러 아파트 단지로 범람하는 것을
도시 풍경을 햇빛의 생각 아래 가두는 그 열심을
가만히 바라봅니다

참 좋은 날씨이지요. 응 그러네
아내와 내가 무심히 이 평화로운 세상을 기뻐하면서도
나는 왜 햇빛이 무언가를 우리에게 말하기 위해
제 몸을 살라 열과 파장을 보내고 있다는
생각을 떨쳐버릴 수가 없는 것일까요

말이 통하지 않는 이국의 성자와 이야기하듯이
눈과 눈으로, 마음과 마음으로 수화를 하면서

나뭇잎이 기쁨으로 온 몸을 적시고 있는 한 삶을
나도 황홀히 바라봅니다

정말이지 무슨 말을 하려는 것일까요
햇빛은 나뭇잎 모세혈관에까지 흘러들어
수액을 빛의 바다로 몰아가고
나무는 또 꽃을 피워 햇빛의 말씀에 답을 하면서
내 마음에 무슨 말을 하려는 것일까요

具足

지붕에 기와가 얹혀 언덕 위 전망 좋은 집이 완공됐을 때
집은 기뻤고
땀과 시간을 들여 집을 이룩한 인부들도 기뻤고
돈을 내 집을 지은 주인의 마음도 기뻤네

세월이 흘러 화장이 지워지고 주름살이 드러나
집은 슬펐고
지나가는 사람들의 마음도 슬펐고
살고 있는 주인의 가슴에서도 자부심이 사라졌네

담과 벽이 낡고 부서지며 우리들의 마음도 닳아 헤어지네
노래도 진부해지고 사랑은 더 이상 가슴을 울리지 않네
기쁨과 슬픔이 없는 고요한 가문비나무 숲 속으로
투명한 바람만 끝없이 흘러가네

평화로워라 저 집은
한 세대가 지나 집을 기억하는 사람들이 죽고
새 민들레 풀씨가 피운 꽃잎 사이로
햇빛 속에 가만히 서 있는 저 낡은 흔적은

힐튼호텔의 가을

새로 친구가 된 두 그루 가을 나무와
저 멀리 콜롬비아에서 한국에 작품 전시하러 온
훼르난도 보테로 아저씨 동상과
경주 선재 미술관 주변을 산책하며
예술과 삶에 대해 이야기하는
힐튼호텔의 가을

햇빛에 몸이 마른 가을나무는
보테로 아저씨의 육중한 몸매를 황홀히 바라보고
보테로 아저씨는 거만한 성주의 육욕이 가득한 눈으로
한국의 가을 나무를 불태울 듯 바라보는
힐튼호텔의 가을

그 한 가운데를
나는 바람과 함께 걸어가네

바람은 가을 나무를 건드려
무언가 나에게 열심히 이야기하고
나도 가을 나무에게 이런 말씀 저런 말씀
힘들여 얘기했지만

몸이 무거운 훼르난도 보테르 아저씨
빙긋이 웃으며 우리 얘기를 듣기만 하네

배가 고파 잠시 휴식을 취한 일식 식당에 앉아서도
할 말씀은 아직도 남아
마르지 않는 갈증을 맥주로 달래며
또 다시 내 마음을 두서없이 이야기했네

그렇지만 여전히 바람 속으로 몰려가는
나뭇잎들과 함께
오솔길 사이 술래로 숨는
힐튼호텔의 가을

시간이 기차 티켓을 눈앞에 들이밀어서
보테로 아저씨하고도 가을 나무들하고도 아쉽게 악수한 후
기차에 올라 멀어지는 내 마음을
가만히 들여다보네

바로 내가 하고자 했던 말씀은
가을 나무 붉은 마음속으로

깊이 걸어가고 싶었다는 것
가을 나무로부터 나를 사랑한다는 말씀을 들어
단풍 속에서 행복을 확인하고 싶었다는 것

호두의 안과 밖

호두 안에서 생명은 무엇을 꿈꾸나?
충분한 영양과 온도, 견고한 껍질에 의지해
만족한 잠을 자는 것으로 행복한가?

호두의 밖엔 김씨의 열 손가락이 있고
호두를 굴려 원 운동을 시키고 있다
지구 밖 엔 태양계가 있고
태양계 밖 엔 은하계가 있어
우주는 은하계를 굴리고 은하계는 태양계를 굴리고
태양계는 지구를 굴려 끊임없이 놀고 있다

김씨도 지구 안에서 행복한가?
아이가 엄마의 자궁 안에서 천국을 느끼듯
햇빛과 공기, 바다와 숲 속에서…
요람을 흔드는 손길을 느끼며

우주의 에너지로 사는 인간은 모두 우주의 자식들
인간은 아버지 우주에게 몸을 기대어야 행복한가보다
결코 마르지 않는 생명의 양식을 벌어다 주므로
그래서 사람들은 눈에 보이지 않는 아버지를 찾아

큰 그림을 그려놓고
끊임없이 행복을 기도하나보다

호두를 굴리면 달그락거리는 소리가 난다
소리, 파장이라는 에너지의 가청 주파수 대역
흔들리는 에너지 파동을 귀로 들으며 호두의 존재 울음을
가만히 심장으로 느껴 보지만

지구를 돌리는 소리는 누가 들을까?
내가 호두를 굴려 무료한 시간을 보내는 것처럼
우주도 심심해서?

고래의 구슬

어려서 가지고 놀던 여의주
맑은 유리 속에 파랑 빨강 노랑의 바람개비가 들어 있고
가만히 들여다보면
푸른 하늘, 붉은 태양, 어여쁜 계집아이가 쓰고 가던
노란 우산이 들어 있어
내 마음을 황홀하게 비추던 유리구슬

어느 날 내 주머니를 뚫고 도망가
시간의 바다 속에 들어가 버렸지
깊은 어둠에 살고 있는 욕망이라는 고래가
삼켜 버렸네
고래는 너무 커서 창도 들어가지 않고
고래는 너무 커서 그물에도 엮이지 않아
고래를 따라 놀다 주름살만 그을린 어부가 되었네

노래를 부르네
고래여 고래여 구슬을 토해다오
늙은 기운이 다해 죽기 전에
내 상처의 피로 구슬을 닦아
아름다운 이 세상 한번 더 볼 수 있도록

得音

앰프에 전기를 넣으면
스피커가 소리를 지른다.

증폭된 사랑 증폭된 이별이
20KHZ 삶의 환희와 20HZ 죽음의 불안이
폭포처럼 쏟아져 방안을 채운다.

내 마음이 苦海에 빠져 사지를 허우적거리고
觀音이 이토록 어려운 것임을
숨이 막히도록 안다.

앰프의 스위치를 내리면
침묵이 소리를 지른다.

콘크리트 벽을 울리고 옥상의 안테나를 울리고
우주로 사라진 소리가 그리워
침묵이 큰 소리로 운다.
침묵의 큰 아픔 속에 내 마음이 빠져
아직도 헤어나지를 못하고

絶音이 이토록 어려운 것임을
창 밖의 눈 소리를 들으며 안다.

산책길

가문비나무가 햇빛 속에 기쁨을 드러내며 서 있다
바람과 비속에서 깊은숨을 들이마시며
생명의 힘을 주위에 내뿜고 있다.

숲 속으로 난 사잇길을 걸으며 생각하니
나는 아마도 삶을 비켜 살아온 비겁자였나 보다.
길이 돌아가는 모퉁이마다 이정표가 있었고
때로는 눈이 부신 사람을 만나 마음이 황홀했지만
나는 눈인사만 하고 내가 가야할 목표를 따라 갔을 뿐
그 사람과 함께 기쁨의 길을 같이 가지는 못 했으니

길은 깊어져 어디로 가야할지 모르는 나그네가 되어
숲을 천천히 둘러본다.
햇빛은 사라지고 가문비나무가 가린 그늘만
마음속에 깊은 무게로 가라앉는다.

몸이 고단하도록 쌓은 지식과 지혜도
이제는 무거운 생각으로만 가라앉을 뿐
천지간에 가문비 나뭇잎 소리만 마음속에 가득하여
움직이지 않는 큰 무덤을 세운다.

질주

애기씨 꽃나무가 달려간다.
씨앗에서 잎을 내고 꽃을 피워 이윽고 열매를 맺는다

법동 보람아파트가 달려간다.
철근이 올라가고 별들이 붙여지고
눈부신 하늘색 건물이 되었다가
다이너마이트와 함께 지상에 내려앉는다

내 아들 재림이가 달려간다
청년으로 자라 꽃피는 처녀의 팔을 잡고 가다가
관광버스 입구에서 지팡이 짚은 노인으로
손자와 함께 내린다

해 뜨고 해 지는 허공에 흰 구름이 달려간다
산과 강 나무와 돌들이 박자에 맞추어
세월 속으로 달려간다
바라보는 내 슬프고 기쁜 마음도 달려간다

이 세상 무대 위에는
달려간 것들의 발자국만 널려 어지럽고……

벌레

바위를 깼더니 벌레가 나온다
벌레가 나온 구멍 속에
너와 나의 깊은 약속을 묻는다.

약속이 벌레에 물어 뜯겨
흔적도 안 남을 때까지

벌레, 시간의 딸들, 등허리를 기어오르는 슬픈 아침 햇빛
떼고 또 떼어도 수술 자국 사이로 비집고 들어와
내 심장을 물어뜯는 다리가 열둘인 사랑

벌레가 비명을 지른다.
젓가락으로 집어
물 위에 떠내려보내는 운명이
징그러운 듯 얼굴을 찡그린다

내 마음이 정을 들어 바위를 깬다
바위 속에 사는 수많은 벌레가 살아나도록
너와 나의 약속을 벌레가 모두 먹어
이승에 흔적을 남기지 않도록

봄의 무덤 만들기

대지가 숨을 쉬기 시작했다
습기가 가득한 숨결이 바람과 함께 나무와 풀들의
잠을 어루만진다

우유가 어린아이 모세혈관에 파고들 듯이
나무들은 힘찬 입술로 대지의 꿈을
빨아올린다

지난 십 년 동안 눈을 가렸던 장막이 걷히면서
이 세상이 모두 숨쉬는 짐승으로 변해
김을 내뿜고
결과를 아는 게임의 초입에 들어서는 선수처럼
나는 천천히 발을 옮겨 마야의
세계에 들어선다

그림이면서 그림이 아닌 풍경들이 배경으로 서 있다
풀을 뜯는 노인의 손길엔
허리 잘린 생명이 파랗게 배어있다
개나리향기가 햇빛 속에 번지고
목련은 바람의 피를 머금어 살기를 내뿜는다

가두어라 저 욕망의 세계를
바이러스처럼 번져 모든 삶의 충동을 다 태우기 전에
무덤을 만들어서 마음 깊숙이 가두어라

잎새 돋은 나무 그림자들이
흔들거리는 배, 그 눈속임으로
저 세상으로 슬쩍 나가기 전에
새 봄을 액자에 박아
세월의 벽에 안전하게 걸어두어라

2

행 복

何林에게

네 나이 13살
봄이 창문을 노크해 네 마음을 흔들고
너는 문 열고 햇빛이 내려앉아 꽃으로 흐드러진
자리로 나간다.

아버지의 청춘은 기쁨이 물소리로 흐르는 냇가에서
마음으로 가만히 "수선화" 노래를 불렀지만
너는 서태지와 H.O.T를 부르며
이 시대가 너에게 주는 리듬을 따라 간다.

어느 바닷가 어떤 세상에 네 첫 발걸음이 이를지
아버지의 마음은 불안하고 염려스럽다

시간의 고속도로에 올라선 우리 가족의 차는
가속 페달을 밟아 자꾸만 속도가 올라가는데
우리가 어디를 출구로 하여
너의 "신세계"로 나갈 수 있을지
그 이정표를 아직 찾을 수 없다.

바람에 허리를 휘는 나무들이 창밖에 있고

구름은 때로 무서운 속도로
이 산에서 저 산 너머로 넘어간다.
그러나 너는 햇빛으로 화장을 한 풀잎 사이에서
붉은 얼굴로 푸른 생명을 바라본다.

구름과 나무들이 모두 노래를 부르고 있는 시간과
행복의 한 가운데 선 너를
중년의 오후에 선 내가
눈부신 마음의 그늘과 함께 바라본다.

父情

뇌성마비 아들의 몸이 키 자라는 것을 보며
붉은 입술과 웃음을 띤 검은 눈이
세상을 향해 "저 살아 있어요"
소리치는 절규를 보며
다친 뇌 세포가 사방으로 손길을 뻗어
읽어버린 영토를 회복하려 애쓰는 전쟁을 보며

아버지는 눈을 감는다
재활의학과 물리치료실에 출근한
10년의 세월이 보이고
단서가 없을까 더듬더듬 찾아 나서던
한의서 글자들이 보이고
결국은 칼을 대 끊어버린 아들의 신경이 보인다

아들은 몸이 편치 않아서
아버지는 마음이 편치 않아서
두 부자가 나란히 손을 잡고
꼭두새벽 아직 어두운 길을 흔들거리며
이 세상을 하염없이 연습한다

추억의 골든 팝스

일요일, 11시. KBS FM 98.5MHz
내가 새로 취미 붙인 프로그램
이름하여 '추억의 골든 팝스'

튜너 소스를 서라운드 프로세서에 연결해놓고
젊은 날의 청춘이 리바이벌 되는 감동을
고출력 앰프로 증폭해 듣는 가상현실의 시간

내 나이 벌써 사십대 후반
디퍼플이나 핑크플로이드를 듣기엔
체력이 떨어져서 바로크나 모차르트를 주로 듣는 나이
그래도 일주일에 한 번씩 아트락과 재즈에 젖다 보면
나는 어느새 장발에 청바지를 입은 대학생

마음에만 두고 말을 건네지 못한 문리대 여학생의
티셔츠가 보이고
지금은 의사가 된 남구현, 은행지점장이 된 조홍연과 함께
맥주에 취해 황홀하게 걷던 대흥로 플라타너스가 보이고
카드로 시간을 죽이던 도서관 앞 풀잎들이 보이네

나는 원자력연구소 재무실장이 되어서
컴퓨터로 생계를 의지하는 사람이 되었지만
딜레이타임 15mm/s의 에코 음향은 내 청춘을
부풀리고 또 부풀리네
노래를 부르는 밥 딜런과 존 바에즈 사이에서
우리 모두 가수였고 시인이었지

꿈같은 한 시간이 지나고 앰프의 스위치를 내리는 순간
방황하던 청춘은 안개 속에 사라지고
'하오 12시'
무섭도록 조용한 적막이 영화 장면처럼 나타나네
권총을 차고 결투장을 향해 가는 게리 쿠퍼의 걸음걸이로
내 마음이 현실의 기차역을 향해 가네.

김갑중

고등학교 친구인 그는 이름 앞에 붙는 관사가
정신과 의사이고
나는 시인이다

정신적으로는 백수기질이 공통사항인 그와 내가
계룡산과 월평산성을
일요일마다 다람쥐 쳇바퀴 돌 듯 오르고 내리면서
고담준론과 실없는 가설로
서로를 분석한지 10여 년

지금은 의사의 마음에 갇혀 있는 욕망과 의지와
시인의 마음에 묻혀있는 환상과 꿈을
서로 캔버스에 자세히 그릴 정도가 되었지만

마음의 상처가 두려운 중년의 우리들은
그림 속 미인이나 바라보는 관음증으로
불이 꺼진 리비도를 달래면서
산을 오른다

한길 마음속이 천길 우물보다 더 깊기에

오늘은 어떤 무늬가 하나
혹은 어떤 비밀이 서로의 생애에 덧칠해 졌는지
염탐하면서……

산은 오를수록 하늘과 가까워지고
두고 온 대전광역시는 저 멀리 강 건너 숲처럼 멀어져 있다
이상에 늘 목마른 현실주의자와
현실의 힘이 부러운 낭만주의자가
바라보는 하늘과 도시는 각기 다른 그림이겠지만

산 정상에 오른 지금은
서로 간에 경계가 없는 도인의 마음으로
이 세상을 나란히 본다
지팡이를 짚은 내 무릎관절을 그가 염려하고
그의 얼굴에 패인 주름의 깊이를 내가 염려하면서

출근길

양희은 리바이벌 테이프를 선물로 받고
구비 구비 매복한 옛 청춘의 위험과 함께 출근하는
가을 아침.

늘어선 차량 사이에 톱니바퀴로 가고 있는 시간이
성에 어린 안경을 천천히 닦으며
"이루어질 수 없는 사랑"의 가사를
텍스트로 듣고 있는 가을 아침.

안개는 자꾸만 몰려들어 앞차와의 간격을 벌리려 든다
현실의 길이 끊어 질까봐 불안한 내 이성이
옛 환상의 위험과 맞서는 정신과 의사처럼
필사적으로 푸른 신호등 불빛을 찾는다.

CYBER 애인

마음을 인터넷에 올려놓는다
레일로드에 앉아 정보의 바다를 항해하면서
수많은 가상현실 속의 항구를 지나간다.

항구마다 네온사인도 화려한 간판 아래
내 욕망을 향해 웃고 있는 CYBER 애인들

CYBER 애인들은 현실의 애인보다 더 아름다워
마음 속 저편, 손이 닿지 않는 현실을 밀쳐버린다
그리움도 이별도 없는 사랑이
기쁨으로 화장을 하고 심장에 불을 지핀다.

정보의 단 맛에 빠져 좀처럼 헤어나지 못하는 내 상상력
마약환자처럼 얼굴에 핏기를 잃는다.
'EXIT'을 클릭하는 마음이 땀을 흘린다.

경부선 하행

식당차에서 맥주 한 병 시켜놓고
아련한 기쁨을 마신다.
차창 가로수 잎을 수런거리게 하는 햇빛과
바람이 마음을 향해 속삭이는 말씀
그 말씀의 잔물결에 몸을 맡겨 한없이 흔들린다.

화물차 한 대가 고속도로를 달리면서
차창에 몸을 기댄 내 시선과 평행을 이룬다.
화물차는 이 나라의 욕망을 싣고 항구로 가고
그 욕망은 바다를 건너 먼 나라의 항구에
새 물건들을 부려놓겠지만
나는 욕망도 없이 남도의 항구를 향해 무심히 가면서
가을에 억새풀로 핀 기쁨을 하염없이 바라본다.

지금은 아무도 그 정체를 모른다.
가을 햇빛에 누워 있는 내 기쁨이
붉은 사과의 향기를 깊숙이 마시며
어느 미지의 해변에 기항하고자 하는지를
새 바다 새 시간에 길을 낸 흰 돛을 올린 마음이
어느 운명과 만나고자 하는지를

빔 프로젝터

빔 프로젝터 하나 보여 주시겠습니까?
<사물의 진실> 회사제로요

어떤 용도인데요

가슴속 사랑이 너무 작아져서 말이죠
어떤 모습인지 보이질 않아요.
배율 일백 배 정도면 되겠어요.

요새는 그런 장난감용은 나오질 않습니다.
최소 단위가 일메가인걸요.

어떡하죠, 제 애인한테 보여줘야 하는데
사랑을 백만 배 확대하면 어떤 모습일까요.

글쎄요. 한 컵의 꿀에
백만 배의 물을 탄 것과 같겠죠.
시각을 백만 배 예민케 하는
<환상의 약>도 사 가셔야 하겠군요.

얼마입니까?

싸게 드리죠, 손님 사랑분지 일 값으로요.

행복

유모차 옆에서는
아이스크림과 장난감 기차

두발로 계단을 오르기 시작해서는
성적표 석차와 모범학생

와이셔츠 아래 머리를 기르고는
예술과 시에 취한 젊은 예술가의 뒷모습을
너는 하고 있었지

네 어여쁜 모습 꿈꾸고 꿈꾸다가
가파른 언덕너머 대학교 문 나서니
너는 벌써 수선화 꽃 든 신부로 손 흔드는구나

마주 흔든 손 겨드랑이에 겹고
시간의 배가 닿은 먼 훗날의 기항지를 생각한다.

지팡이 짚고 마중 나온 너는
정원이 있는 이층집과 목말탄 손자들
혹은 화보와 함께 인쇄된 생애의 약력

이런 것들일까.
어느 날 초인종 소리에 대문을 열면
주름 패이고 백발 성성한 내 모습에
조용히 웃는 너

소매를 붙잡는 몬세

차고 맑은 이 휴양지 호수를
마음의 어디에서 다시 불러 내
눈앞에 영화의 한 장면으로 펼칠 수 있을까

만년설이 덮인 알프스 봉우리가
江深에 머리를 박고 있고
양떼처럼 누운 숲은 어슬렁어슬렁 걸어 들어와
紅塵에 지친 몸을 쉬어가라고 말한다

사운드 오브 뮤직의 아이들이 쥴리 앤드류스와 함께
노래를 부르며 뛰노는 음성이
아직도 낭랑히 들려오는 몬세

너는 영화 속의 한 장면이 아니라
뛰는 심장의 비키니를 입은 美人으로
내 손과 발아래 누워 있다

쉬어가세요 쉬어가세요
몬세는 다시 소매를 붙잡는다
호수와 산의 아름다움을 남겨 둔 채

발길을 돌리는 아쉬움을

몬세
네 이름이 박힌 이정표에 팻말에 걸어 둔다

누드룩의 치마를 입은 비엔나

야밤의 비엔나 시내 도나우 강변에 자리한 카페에는
한강의 고수부지에서 달려온 듯
시원한 바람이 가슴을 뚫고 지나간다

비엔나 왈츠 대신 아메리칸 팝이 카페에 가득 차 오르고
청춘의 열기에 취한 젊은 남녀는
맥주 거품의 향기와 록 음악에 혼을 내맡긴다

고색창연한 건물과 교회
합스부르크 황가의 위엄을 덮은 이끼들
옛 문화의 영광대신
이십 세기말에 사는 젊은 사람들의 정열만이
내 눈앞에 가득히 들어오는
비엔나

너는 허리를 깊숙이 드러내고
누드룩의 치마를 입고
강변에 앉아 나를 보고 웃는다
역사를 저 편에 실어 보낸
도나우 강은 오늘도 잔잔히 흐르고

어둠이 내린 나무들은
삶이 이룩한 문화와
문화의 자양을 먹고 자란 우리 정신의 사치에 관해
나직하게 속삭인다

그러나 아직은 몰락한 귀족의 자태가 남아 있는
비엔나
너를 향해 내 젊은 날의 꿈과 동경을 실어
마주 웃는다

이방인

큰칼을 차고 갑옷으로 무장한 병사가 있는 城
너는 위엄을 갖추고 입성을 허락하지 않는다
수백 킬로미터를 허위허위 달려와서
낯선 나그네가 숙박을 청하니
호텔의 후론트는 모두 고개를 흔든다

독일의 수도답지 않게 조용한 도시는
어둠이 내린 평원의 숲처럼
깊숙이 문을 잠그고 물러나 있고
사람들은 유태인을 바라보는 나치스처럼
냉정한 눈길과 팔짱 낀 자세로 우리를 맞는다

한국의 집시 김삿갓처럼
하늘을 지붕 삼고 땅을 베개 삼아 누울 수 있을까
현대 문명에 길들여진 소시민의 마음은 자꾸만
한국의 중부도시 대전에 있는 내 조그만 아파트로
달려간다

하루의 사냥을 마친 새들이 보금자리로 일제히 회귀하듯
차를 돌려 다시 고속도로에 선 이국의 여행객 앞에

이정표 <뉴른베르그 150km>는 천국까지의 거리로
보인다

어둠이 대서양으로 펼쳐진 평원 저 멀리
뮌헨
너는 견고한 산 위에 탑이 높은 城으로 버티고 서서
입성을 허락하지 않는 성주다

우리는 모두 대지의 아들

남부 독일 에어랑겐 여관집 창가에 내린 햇살도
한국의 햇볕과 다름없었다
벌판의 전나무 숲을 스치는 공기도
한국의 大田 법동의 숲과 같은 냄새이었고
낯선 사람, 낯선 문화 속에서
지구의 어디서나 똑같은 햇볕과 공기를 찾아내
나는 어머니의 품안에 있는 신생아처럼 안심할 수 있었다

우리는 모두 대지의 아들이고 딸이다
금발에 푸른 눈, 흰 살결의 여관집 독일 아가씨를
내 누이같이 바라볼 수 있는 이 마음의 여유를 확인하기 위해
18시간 비행기를 타고 낯선 땅에 왔나 보다

밥 대신 소금에 절인 돼지고기를, 물 대신 맥주를 마시는
나의 어색한 음식 매너를 보고
카운터에 앉은 중년의 독일 주인은
두 눈에 웃음을 담아 물끄러미 쳐다본다
영어가 통하지 않는 이방인을 향해 나도 어색하게
마주 웃으며,
속으로 말한다

(그래 나도 너와 같은 지구인이야, 극동의 한국이 우리 집
이지)

그림책에서 보던 유럽의 높은 지붕과 처마들이 창문을 열고
들어와
한국의 기와지붕처럼 익숙한 태도로 몸을 쉰 후
숲이 있는 언덕 위로 천천히 걸어간다.

3

무궁화 생각

진혼가

햇빛에 반짝이며 흔들리는 갈참나무 잎
너는 살아 있음을 표시하기 위해 바람의 힘에 몸을 기댄다.
바람은 가을 하늘 구름의 발치에까지 날아가고
멥새들은 흰 날개 퍼덕여 아득한 세상을 넘어간다.

사방이 무섭도록 적막하고 고요하다.
천지는 갈참나무 잎 소리로 가득한데
나는 지금 누구의 시선 속에 갇혀있는 한 마리 새인지
알 수 없는 의문을 시간 속 부표로 띄워 놓는다.
끊임없이 수런거리는 슬픔이 내 키를 넘는다.

시동을 끈 자동차는 죽은 짐승처럼 누워 있다.
저 멀리 사람들의 도시도 그림 속 풍경으로 달아나 있고
지금 오직 살아있는 것은 갈참나무 잎 뿐
숲 속에 있는 나무들의 영혼 모두 잎으로 돋아나
문명 속에 사는 내 몸을 향해 진혼가를 부른다.

대화

앞 山이 나에게 묻는다
네 生이 적적하냐,
사무실 창가에서 나를 바라보는 네 눈빛에는
산허리 가문비나무와 흰 바위 떼들이
7月의 태양 아래 땀을 흘리고 있구나.

山 위에 떠있는 뭉게구름이 나에게 묻는다
네 生이 고달프냐,
잔디밭에 나와 나를 쳐다보는 네 눈빛에는
어린 날 가고 싶었던 먼 나라의 경치와
큰 바위 얼굴 같은 사람이 되고자 했던 네 희망이 서려 있
구나.

뭉게구름을 몰고 가는 바람이 내 귀에 묻는다.
네 生의 자취 없음이 아쉬우냐,
내 움직임을 바라보는 네 눈빛에는
우르르 우르르 파도를 몰고 가는 시간의 바다
그 깊은 푸름만이 서려 있구나

아니 아니지 내가 대답을 한다

나는 언제나 움직이지 않는 거울
山과 구름과 바람도 내 마음을 흔들지 못해
내 마음에 비친 네 그림자들이 슬프고 기뻐할 뿐
기쁘고 슬픈 이 세상의 풍경을 움직이지 않는 내 마음이
가만히 바라볼 뿐

그려나간다

떨어져 나간다. 예금 잔고와 지위와 욕망도
떨어져 나간다. 집과 내 서재와 책도
떨어져 나간다. 부모와 형제자매와 처자식도
떨어져 나간다. 바다와 들과 마을도

이윽고 나도 알몸이다.
어디선가 부는 바람의 폭풍 속에 홀로 서서
들길, 이름 없는 풀잎처럼
내 뿌리를 뽑는 시간의 힘과 맞선다.

시간이 멎고 사방은 조용하다.
놀러오던 까치도 까치의 꿈도 없고
햇빛에 반짝이던 물소리도 물소리의 그림자도 없고
바람에 맞서던 내 몸도 내 몸의 힘도 없다.

조용한 세상 위에 붓을 댄다.

그려나간다. 바다와 들과 마을을
그려나간다. 형제자매와 처자식을
그려나간다. 집과 내 서재와 책들을

그려나간다. 예금 잔고와 지위와 욕망을

그려나간다 이 세상 끝없는 순환놀이를

문답

방패연 띄워 구름의 밑까지 보내고 나면
명주실과 함께 올라간 바람의 몸은 어디에 있지.
도끼로 쳐도 깨어지지 않는 시간
파랗게 얼어붙은 하늘에 있지.

번개, 놀, 샛별이 피었다 지고
때로는 새들도 날개 자국 남기고 가는 하늘의 몸
어디서 만져지지
구름의 그림자 바닥까지 비쳐 있는
동해 바다 마음속에 있지.

아니 아니지
손가락에 불 지펴 생각의 벽을 더듬고
분명한 의식들 촘촘한 그물에 엮어 던져도
바람과 하늘의 몸 어디에도 없어

밤 새워 서성거린 우리의 지친 무릎 발치를 태우고 나서
가로변 플라타너스 잎새 짙게 물들이고 있는
아침 햇빛, 그 기쁨 속에 있지.

말러가 차린 식탁 메뉴

음절과 음절 사이를 칼로 비집고 들어가
음의 피를 한껏 마신다
나뭇잎은 새 살을 돋구어 피어오르고
바람은 술에 취해 미칠 듯 걸음을 떼어놓는다

사방으로 숨고 또 달려나오는 흡을 쫓아
굶주림과 함께 숲 속을 걸어가면
흡은 요동치며 팔 다리를 비틀어 뺨을 후려치고
길들지 않은 기쁨의 나뭇가지들이 옆구리를 찌른다

음악은 불붙은 폭포
음악은 큰 생각으로 누워 있는 바위
음악은 시간의 풀을 뜯으며 양떼로 몰려가는 구름
음악은 회오리 힘으로 하늘 향해 일어서는 동해 해일

악장이 끝나면 나는 한 마리 배부른 짐승
이 세상이 만족스러워 하늘보고 눕는다

무대

1

푸른 신호등이 켜진 횡단보도를 군중과 함께 건너가
익명의 시간 속으로 묻히고 싶네.

크고 작은 거리의 간판처럼 그저 기호로만 남아 사람들이
무심히 쳐다보는 중년의 남자 '김백겸'이 바로 나의 바람.

밝은 햇빛과 신선한 바람 속에서
살기 위해 숨쉬는 한 그루 플라타너스이고 싶네.

2

나는 누가 그린 그림으로 지금 여기에 서 있을까.
내 영혼에 실을 매어 노래 부르는 그 마음은 무엇을 생각할까.

춤을 추며 뛰노는 인형극 배우처럼
사랑하고 미워하며 욕망의 흔적을 세상에 남기느라.
내 사십여 성상을 바쁘게 걸어다녔네.

이제 그만, 가슴에 붙인 신분증을 지상에 내려놓고
나를 묻고 싶네, 다음에 내가 가야할 무대의 입구는 어디인
가고.

단전호흡 1

쌀과 물 공기를
내 몸에 집어넣어 불을 피우고자 하네
그 불이 나무와 하늘 산과 집들을
내 눈에 끌어들여 생생한 그림을 그릴 수 있도록

그 불이 내가 만나고자하는 욕망의 마음을 태워
나와 함께 바람 속의 재로 여행할 수 있도록
세상의 모든 꽃과 풀들의 뿌리에 닿아
땅이 생명과 주고받는 속삭임
엿들을 수 있도록

단전호흡 2

연구단지 도룡동 우성이산 숲
노곤하게 자고 있는 여름 새벽 그녀를 깨워
손잡고 동무해서 빗속을 걸었죠

어릴 때는 감히 생각지도 못한
아름다운 숲의 몸과 향기를 만지며
빗소리가 고이고 있는 시간의 자궁 속으로
깊숙이 걸어갔지요

그녀와 나 말고는 아무도 몰랐지요
"연꽃 속의 보석"을 찾아 한없는 길을 가고 있는
순례자의 목마름을
이 세상을 한순간 불태워 열과 빛으로
무너뜨리고 있는 내 욕망의 이름을

저 멀리 보이는 대전시내 간판 불빛들이
화장이 지워진 술집아가씨의 피곤한 모습으로
기쁨에 웃고 있는 내 마음
물끄러미 보고 있었죠

단전호흡 3

새벽비가 연구소 뜰에 있는 수국꽃잎 이파리를 피워 올렸
습니다
은빛향기와 에너지가 내 피부에 닿아 무엇인가 말씀을 하
고 있는 것을
내 기쁨이 귀 기울여 가만히 듣고 있습니다.

그것은 젊고 아름다웠던 때의 나에게 편지를 부쳤으나
이제야 색 바랜 글씨와 함께 도착한 시간의 연서처럼
때늦게 나의 심장을 두근거리게 합니다.

이 기쁨이 무엇일까
나는 깊은 생각에 잠겨 "出入禁止" 팻말이 붙은
선 향나무 숲 그림자 속으로
비 개인 후의 태양과 함께 생명을 만나러 갑니다.

바람이 부채를 부쳐 살아난 알 수 없는 기운이
내 시신경을 불태워 이 세상을 녹일 것 만 같고
생명 기운이 은빛 오로라로 뻗쳐
마음에 닿고 있는 풍경을 보노라니

연구소 뜰에 있는 수국꽃잎 이파리가 더 하얗게 피어올랐
습니다.
숲과 나무와 풀잎에 내린 빛의 설경이
내 영혼에 아무도 듣지 못한 첫 말씀 속삭이는 것을
당신의 기쁨이 귀 기울여 가만히 듣고 있습니다.

북소리

큰 뜻이 푸른 대나무 숲으로 우거져 있다는
"세상"의 마을을 향해
우리는 대문을 열고 힘찬 발걸음으로 세상에 나왔으나
같이 걷던 동료들 하나 둘 다른 길로 헤어져 가고
나는 숲 속 이상한 길을 걷고 있네

이정표의 글자가 지워지기 시작하고
먼 山에 걸린 어둠이 병풍처럼 사방에 둘러질 때
발이 아프고 마음은 무섭게 외로워지네

내가 왜 이 길을 잘못 들었나 생각해 보지만
그 이유는 아마 내가 늘 남과달리
다른 북소리를 듣고 있었기 때문
홀로 남겨짐을 누구에게 원망할 수도 없네

북소리는 마음속에 천천히 천천히 울려 퍼지며
남보다 한 발짝 늦게 가라고 속삭이네
노을이 산허리 바위를 붉게 물들이는 모습과
가문비나무들이 팔 벌려 흰 새를 불러들이는 풍경을
마음에 새겨 가라고 말하네

눈을 감고 북소리를 따라 걸어가네
기운이 다하기 전에 마을에 이를 것을 기도하면서
북소리가 끊어질까 두려울 때마다
북소리는 다시 커져 내 발길을 재촉하네

내가 왜 이 길을 잘못 들었나 생각해 보지만
그 이유는 아마 내가 늘 남과 달리
다른 북소리를 듣고 있었기 때문
홀로 남겨짐을 누구에게 원망할 수도 없네

무궁화 생각

무궁화가 비에 젖었습니다.
카-오디오에서는 호프만의 뱃노래가 흘러나오고고요
곤돌라를 타는 베니스의 연인들을 눈에 그리며
물을 머금어 생생히 빛나는 무궁화 꽃들을 보며
붉은 뺨으로 아름답던 내 청춘을 생각했습니다.

지금은 사진 액자 속에 갇혀 있는 靑春이여
새로 돋은 풀잎과 무궁화나무들의 배경 속에
영원처럼 물러서 있는 당신은
출구가 보이지 않는 고속도로를 달리고 있습니다.

긴 이야기를 담은 편지와 같은 내 생이
서랍에서 무거운 유폐 속에 잠겨 있는 동안
시간은 결혼을 하고 아이를 낳아서
백화점마다 가득한 눈부신 욕망을 키워 냈습니다.

현재의 내 위치를 묻는 휴대폰의 신호음이
비에 풀려 물감처럼 번지고 있고
구원을 받지 못한 메시지가
긴 슬픔과 함께 자동응답기에 갇혀 있는 동안

내 마음은 어느새 늙어 병들었고
이젠 더 이상 원하는 욕망이 없습니다
창밖엔 하염없는 비가 오고 무궁화나무들은 바람에
백년 잠을 날리고 있습니다.

4

마음의 평화

폭풍

1

어둠을 잉태한 숲
천둥과 번개가 모자이크된 한여름의 하늘
흰 발목으로 냇가에 서있는 수선화

아스팔트길이 나무들의 냄새와 함께
벌판으로 번지고 있는
여름의 오후
빗소리 한가운데를
내 마음이 사무실 문을 열고 걸어간다.

낮게 드리워진 구름의 혀
온몸으로 느끼기 위해

2

바람이 세력을 모아 불길로 일어선다.
나무들이 불안에 떨며 일제히 귀를 기울인다.
시냇물 소리가 중환자처럼 신음을 지른다.

내 주먹이 뜨거운 생각들을 움켜쥔다.
만질 수 없도록 달구어진 슬픈 시간들이 어둠 속에서
태양처럼 빛을 내고
힘이 지배하는 이상한 세계의 문을 찾아
내 마음이 늑대처럼 벌판을 달려간다.

장마

번개가 하늘을 가위로 오리고 있고
검은 구름, 흰 구름, 잿빛 구름이
내 욕망 속 잠들지 못한 천둥을 불러내어
천 마리 시간 떼와 함께 하늘에 풀어놓고 있는
여름날 오후

수국은 물을 머금어 생생히 피어나고 있습니다
잔디풀이 몸을 세워 피뢰침을 만들고 있습니다
눈에 보이지 않는 기쁨을 수신하여
웃고 있는 가문비 나뭇잎들이 바람에 허리를 꺾어
천년 잠을 씻어 내고 있습니다

화두

뜰 앞 장미 꽃잎들이 햇빛에 불붙었군요
무서워 감히 건드리지도 못했습니다
마음에 찬물 끼얹어가며 미인을 보는 일
면 벽 십 년 고승에게 배운 비법이었습니다

눈물마저 죽인 이제는 바다를 보아도 바다일 뿐입니다
군산 앞 바다 길길이 뛰는 파도와 마주섭니다
즐거워라 세상은 출렁이고 바람 속의 나도
한 잎 나뭇잎 일 뿐
방파제에 기대어 푸른 수평선 보며 웃습니다

황혼

도시로 가는 입구의 터널에는
아크릴 등 불빛이 여배우의 붉은 얼굴로 유혹한다
화장을 한 네온사인들이 밤하늘에 독을 풀어
바라보는 마음들을 천천히 죽인다

슬픔이 비명을 지르며 마지막 숨을 거둔다.

새 봄에

산은 진달래꽃으로 화장을 하네
벌판의 나무들은 새 잎으로 옷을 바꿔
눈웃음치네

세상이 모두 봄꿈에 취해 나들이를 하는데
내 마음은 빈집으로 남아
산하를 지키고 있을 뿐

멀리서 들리는 노래 소리
꿈속에서 멀어져 가네
하늘엔 날아가는 새 한 마리 자취도 없네

풍경마술

내 마음 속 기쁨이 햇빛의 힘을 따라
세콰이어 가로수 잎새를 피워낸다

내 마음 속 기쁨이 청둥오리 울음소리를 따라
갑천 물살 위에 무한 연속무늬를 그린다

푸른 신호등을 기다리는 출근길 네거리에서
시간의 어항에 갇혀있는 사무실 책상 위에서
나는 먼 산 바라보는 마술사

내 마음 속 사랑이
오목렌즈 안경 초점에 모여
아름다운 풍경들을 한없이 굴절시킨다

마음의 고향

숲 속에선 바람이 깔깔거리며 뛰어다닙니다
골짜기에 억새로 자란 그늘 사이로
느타리 향기가 나비를 쫓아 개울을 뛰어넘고
흰 발목이 눈부신 고요가 이마에 손을 가린 채
측백나무 가지 사이로 사라집니다
오솔길 사이로 듬성듬성 걸어온 하늘 발자국은
사과밭 탱자나무 울타리를 돌아
가시에 찔린 노을과 함께 지평선을 넘어 갑니다

봄 지붕

목백화 긴 손가락이 바람의 머리칼을 잡는다
죽음 위에 떠 있는 삶의 기쁨들이
수천 갈래로 뻗어서 심장을 파고든다
젊은 시간을 여는 꽃잎들이 사방에서 벙긋벙긋 일어서고
햇빛아래 목마른 기와지붕들이
흰 구름 향해 검은 날개를 편다

나비와 꽃

나비는 꽃을 증오한다
나비는 꽃을 꿈의 사랑이므로 증오하며
나비는 꽃을 꿈의 사랑 속 환상이므로 증오한다

증오 속에서 사랑은 햇빛에 스러지는 이슬이다
증오 속에서 사랑은 허공에 남겨진
나비가 날아간 길이다
증오 속에서 사랑은 숨소리가 들리지 않는 고요한 숲
홀로 걸어가는 바람이다

큐피트는 증오의 화살을 다프네 심장에 쏘았고
예수는 사랑의 말씀을 갈릴리 호수에 전염병처럼 퍼뜨렸지
아폴로의 사랑이 싫어 대지에 뿌리를 내려 나무가 된 다프
네
동포에 대한 사랑의 말씀이 싫어 예수를 십자가에 묶은 유
대인들

이 신과 인간들의 사랑 놀음과는 상관없이
나비는 꽃을 하염없이 바라본다
나비는 꽃을 슬픔과 기쁨도 없이 향기를 맡는다

나비는 꽃을 화석으로 말려 적멸에 이른다

나무와 함께

히말라야시다와 함께 행진한다.
대평리 벌판 위로 한없이 떠도는 시간의 구름
여름 태양아래 푸른 그늘을 전조등으로 비추며
나무–생명을 연소하며 달리는 車–들과 함께 달려간다.

윈도우 브러셔로 마음을 깨끗이 닦고
내 눈의 셔터를 한껏 열면
북이 울리고 음악이 들린다.
삶을 찬양하는 장엄미사가 모든 나무들의 잎새마다
흘러나온다.

오징어

바다와 파도가 네 생명이었던 그 시간
햇빛과 구름의 그림자가 네 요람이었던 그 시간이
너를 배반해
네 몸을 낚시 바늘에 묶고
네 기쁨을 백사장 열로 쩌서
납작하게 말린 슬픔
2000원에 판다.

파란 가스 불 위에서 등뼈를 구부려 운다.
소주 안주로 인간이 즐겨 찾는 가엾은 목숨
네 소금 젖은 영혼이 북북 찢겨
식탁 위에 얹힐 때
기쁨과 슬픔도 없이 가만히 바라보는
그 때 그 시간

藥으로서의 물

물을 먹으면서 책을 읽는다
물은 커피와 담배 대신 내 영혼을 태운다
아침에 새로 핀 난 꽃향기처럼
말초 신경에까지 스민다.

물은 소나무와 잔디를 키우는 大地의 젖
물은 뼈와 세포에 에너지를 공급하는 피의 어머니
약수로 길어온 물 한 컵을
영혼의 이마에 붓는다.

책의 기호와 의미들은 일제히 반짝이는 물고기로
앎의 바다를 돌아다닌다.
방풍림이 무성히 자란 지혜의 해변 가에
마른 장작에 시간의 기름을 부으며 가노라면
미로를 헤친 발걸음마다 내 영혼을 태우는 불길들.

5

빈집의 지붕

왕릉도

바위의 마음속에 뜨고 지는 해와 달
해변 송림에 걸린 실안개
이런 풍경들과 동무해 낡은 엔진을 두근거리며
낚싯배는 간다

두근거리는 것은 내 심장도 마찬가지
태어나서 처음으로 잡아본 줄낚과
납봉과 함께 실에 묶인 내 여린 신경이
푸른 물감으로 물든 바다 심장에 귀를 댄다

우럭은 제 키보다 높게 뛰어오르고
바람을 가르며 내 기쁨도 마스트 깃발처럼 펄럭이고
파도 위에
고단한 생의 한순간 저 멀리 떠나보낸다

저무는 해와 함께 늙은 어부의 마음으로
돌아오는 귀가 길엔
우럭 십여 마리, 단풍처럼 붉게 물든 서해의 어둠
돌아보니 왕릉도는
고기 떼 울음 위에 높은 산처럼 서 있다

비 속의 소나타

고삐가 묶여 시멘트 바닥에 누워있는 소나타의 등에
비는 내리고
배고픈 울음 대신 배고픈 침묵이 정렬해 있는 주차장위로
한 여름 장마 비는 내린다

뒷발을 깡충거려 풀밭을 뛰어갈 수 없는 소나타
질경이, 강아지풀, 어린 대나무 순을 먹을 수 없는 소나타
주차장 흰 라인에 갇혀 주인의 열쇠를 기다리는 소나타

쇠로 만든 관절에 기름을 치고
심장에 전기로 신호를 해야 너는 간다
금을 찾기에 바쁜 이십세기 도시인의 욕망을 싣고
브레이크로 가쁜 숨 몰아쉬며 도시의 숲을 헤쳐 달린다

지금은 한 세상이 고단한 오후
시멘트 바닥에 누워 고단한 몸 식히는 시간
배고픈 울음 대신 배고픈 침묵이 정렬해 있는 주차장 위로
비는 내린다
채찍을 때려 방울소리를 듣고 싶은 내 욕망을 부추기며
워워워 한 여름 장마비가 내린다

출장 명령

새마을호로 바람같이 지나가는 시간아
통일호를 타고 가는 내 생의 낡은 차창에서 바라보니
너는 벌써 지평과 맞닿은 소멸점으로 가고 있다
마음은 너보다 빨리 목적지에 닿고 싶지만
IMF에 족쇄를 채운 샐러리맨의 생존이
사업설명 자료를 들여다본다.

청운의 꿈은 흐르는 포말처럼 부서진다
생활, 서류가방 속에 들은 숫자, 먼 산의 숲
햇빛 속에 반짝이는 물살처럼 잠시 화려한 모습을 드러내
다가
불안한 터널 속에 몸을 감춘다
위액으로 분비되는 적막 속에 승객들의 마음도
천천히 녹아내린다

동해바다 파도처럼 밀려오는 이 시대의 어둠을 이기려고
눈 부릅떠 차창 밖의 빛을 바라본다
무궁화 휘장을 달고 꽃뱀처럼 달려온 욕망이
긴 철길 위에 그림자를 남기고 산허리를 돌아간다
레일 위를 진동과 함께 흔들리면서

아직 이루지 못한 욕망의 크기를
피라미드로 쌓아 올린다.

새마을호로 화살같이 지나가는 시간아
통일호를 타고 가는 내 생의 낡은 차창에서 바라보니
너는 벌써 목적지를 지나 깊은 망각을 향해 가고 있다.
마음은 너보다 빨리 과녁을 지나고 싶지만
아들과 딸의 인사를 받고 출근한 샐러리맨의 생존이
덫을 피하기 위해 현실의 지도를 하염없이 드려다 본다.

무인도

해 뜨고 해 지는 풍경이 병풍으로 걸려 있는 고층빌딩에서
방안지 그물눈처럼 나있는 도시의 길들을 바라보았습니다.

차들은 먹이를 물고 가는 일개미처럼 늘어서 신호를 기다
리고
운명의 새가 언제 어디서 날아와서 목숨을 낚을지 모르는
사람들은 플라타너스 낙엽을 밟으며 가로수 길을 걸어갔습
니다.

먼 산을 바라볼 때 가슴에 차오르는 막막함.
바다 위 수평선을 넘어가는 여객선을 전송할 때의 아련함
이
갑자기 손길을 떨리게 해서
컴퓨터 키보드의 숫자를 입력할 수가 없었습니다.

눈앞이 캄캄해 마음을 세워 문득 다시 쳐다본 건물과 간판
들은
지평선 멀리 외로이 서있는 이상한 산 이상한 숲 이상한 구
름이었고
나는 아마 한순간 무인도에 난파한 로빈슨크루소

이었나 봅니다.

　김 실장님 자료준비 다됐습니다.　회의에 갈 시간입니다.
　동료실장 호출에 꿈에서 돌아온 나는 전화벨 소리가 요란
한
　사무실 풍경을 강 건너 숲으로 바라봅니다.

　하루하루 가을날 플라타너스처럼 색깔이 바래고 있는 도시
속의 삶은
　복도에 울리는 내 구두소리 만큼이나 무거워 집니다.
　계단으로 나있는 '비상구' 안내를 바라보면서 엘리베이터
문이
　'쿵' 소리와 함께 가슴에 내려앉는 소리를 듣습니다.

봄길

나뭇잎마다 身熱을 전해 새 눈 움트게 하는 바람이여
손끝에 걸리는 몇 개의 햇빛을 따라
벌레처럼 어둠 속을 기어온 어린 나에게
넓은 호수로 웃고 있는 풀밭이여

나는 등에 식은 땀 흘려 꿈꾸네
대전광역시 대흥동 수도산 비탈언덕 집을.
안경을 찾아 현실의 시간을 보니
내 나이 어느 새 사십 사세

서가의 책들은 먼지를 쓰고 한숨을 짓네
새벽 안개가 짙은 불안처럼
베란다 문틈을 비집고 들어오네
형광등 불빛아래 아직 채 물러가지 못한 어둠이
구석에서 눈 부릅떠 세월을 쳐다보네

눈감은 내 마음이 다시 걸어가네
비 젖어 뿌리가 불붙고 있는 유등천 미루나무 강둑
푸른 잎들이 불길로 자라 올라 하늘을 밝히고 있는
봄 길, 그 때 그 행복 속으로

잔디 태우기

마른 풀잎들이 비명을 지른다.
쇠갈퀴가 시신들을 찍어
땅위에 버린다.
한 세대가 무너지는 흔적, 시간의 재들이
여기저기 무더기로 모이고
인부들은 화장의 비릿한 냄새가 역겨운 듯
얼굴을 수건으로 가린 채 불을 놓는다.

뜨겁구나 이승의 삶이여
땅의 기운을 훔쳐 육신을 살찌운 죄 일까
소신공양으로 새 생명을
얻고자 하는 구도의 길이 천리보다 머네
저 산자락에서 불어온 바람은
불의 세력을 일으켜
풀잎들의 명을 단숨에 쓰러뜨리네

시간을 비집고 시간이 자라 오른다.
햇빛과 물을 머금은 뿌리들이 새 싹을
태워 허공에 신호를 보낸다.
새 소리가 다가와 귀를 틔운 풀잎들의 몸에

파도로 부서진다.
언덕에 키 자란 가문비나무들이 큰 그늘을
던져온다

이 돌고 도는 삶의 꿈.
바람 부는 내 마음 위로 어지러이 퍼져나가는
천 갈래 만 갈래의 세상 그림.
불은 불을 불러 온 세상을 태울 듯 퍼져 나가고
인부들은 쇠갈퀴로 내 슬픔을 긁어모은다.

놀이터

바람에 부푼 작은 공이 되어 뛰어 오릅니다
새 날개가 돋은 비둘기로 날아갑니다

세 발 자전거로 기쁨을 몰고 가는 아이들
나뭇잎은 바닷가 잔파도처럼 우우우 소리를 지르고
가지에 가지를 친 콘크리트 구내 도로는
비단길을 만들어 사방 연속무늬로 뻗어 갑니다

류머티즘을 앓고 있는 내 生의 오후가
벤치에 앉아 즐거운 놀이를 바라봅니다

자치기, 사방치기, 굴렁쇠 같은 모습들이
대낮의 안개 속에 모습을 드러내
TV영상 한 커트처럼 선명해집니다

흰 무명 끈에 양철 물통을 엮어서
북 치고 가는 내 다섯 살이
동구 밖 큰 길 따라 한없이 가고 있습니다

사막에의 그리움

사람들이 더위를 피해
해변과 계곡으로 떠나고 난
도시 한 가운데서
목백합 가로수는 검게 탄 나뭇잎위로
연초록 잎새를 다시 피워 낸다

태양은 아라비아 사막 모래폭풍처럼
열을 사방에 쏟아 낸다

거대한 에너지의 파장을
온 몸으로 받는 생이 부러운 나는
눈을 가늘게 뜨고 바라본다

연초록 잎새 향기가
새 시간을 만들어 내는 것을
무성한 그늘아래 모래언덕처럼 쌓아온 내 늙은 욕망이
바람에 천천히 무너져 내리는 것을

안개의 마술

시간의 무덤으로 가고 있는 내 차를 비집고 들어와
마음에 수의를 입힌다
분명히 보이던 일상의 삶들이 갑자기 자취를 감추고
나에게 남겨진 유언은 이상한 고요와
옷깃에 배어드는 부드러운 평화뿐,

저승길 몰고 가는 상여꾼들의 노래 소리에 맞추어
늦가을 아침의 미혹 한 가운데를 미끄러져 가노라면
길과 건물들은 스스로 몸을 지워
모든 것들의 존재 없음을 마술인 듯 보여준다.

장갑 낀 흰 손들이 이윽고 내 마음도 지운다
계기등의 숫자만이 상형문자로 떠올라
세상을 혼돈에서 건져 올리는 이 아침
나도 안개가 되어 길을 지운다.

빈집의 지붕

나는 연필을 던져버렸네
나도 한 때는 마음에 등불을 높이 켠 문학청년이었고
시로서 세상을 향해 말하고 싶은 슬픔과 기쁨이
서가의 가득 쌓인 책처럼 많고 또 높았으나

이름 앞에 시인이란 관사가 붙던 날 이후
내 시는 기호와 그림으로 액자 속에 들어가
사람들이 심심할 때 둘러보는 동물원의 짐승이 되었네

내가 시를 쓰지 않아도
해와 달은 오늘도 몸을 굴려 하늘에 시를 쓰고 있고
나무와 풀들은 땅 위에 푸른 은유를 수놓고 있음을
내 비로소 알던 날

아름다운 세상이여
홀로 선 빈집의 지붕처럼 스스로 빛나기 위해
나는 슬픔과 기쁨을 내려놓고
비 그친 저 언덕 위
고향집을 향해 걸어가네

1. 대학 신입생의 청춘

사진 철을 뒤져서 찾아낸 대학 때 1학년 모습은 나에게도 이런 젊음이 있었구나 하는 감회를 일으킨다. 학보사에 입사해서 수습기자로 활동하던 가슴 부푼 시절이었다. 학보사는 도서관 1층에 위치했는데 학보사 측면에서 뜰에 핀 봄꽃과 함께 한 순간을 담았다.

대학교 신입생의 청춘은 봄꽃이 그 내용을 상징하지 않을까? 아직 여리고 싱싱하며 무언가 새 삶을 기대하는 표정들이 잔잔한 풍경 속에서 짙게 배어있다. 사립대학교 갈 돈이 없어서 지방 국립대학에 온 모두 가난하고 돈이 없는 무산자였지만 뜻과 희망만은 모두 부자였던 시절….

12년간을 남녀가 따로 교육받다가 처음으로 여학생을 동료로서 옆에 접하고 어색하고 당황했던 표정이 얼굴에 숨어있다. 지금 생각해보면 인생에서 제일 축복 받은 시기였는데… 그 아름다움과 환희를 제대로 누릴 줄 몰랐던 풋내기 대학생 나이가 들어서야 그 진가를 깨닫게 되는 이 부조리 한 삶. 지금 다시 시간을 돌린다면 프루스트의 '가지 않은 길'을 찾아 나섰을까?

▶ 좌로부터 전영란(現 대구대학교 중문과 교수) 나, 경승호(원자력문화재단 근무)가 포즈를 취했는데 그 당시 사진부장이었던 최낙윤이 찍은 사진 같다.

사회의 경쟁에서 뒤진 낙오자 같은 지낸 대학 4년에 시는 답답한 현실을 위안하는 탈출구로서 내 인생에 다가왔고 세상을 향해 나를 드러내는 수단으로서 자리 잡았다. 그러나 공부하던 김백겸에서, 시 쓰는 김백겸으로 수정한 내 인생의 방향이 타당한 것이었는지 이 사항은 지금도 의문부호로 남는다.

2. 문학 청년의 꿈

전공이 경영학임에도 불구하고 전공은 뒷전인 채 나는 문학을 꿈꾸는 문청이었다. 대학을 졸업하고 지금이야 모두가 외아들이지만 그 당시만 해도 부모님이 생계유지나이가 지난 외아들은 병역을 면제해주는 제도가 있었다. 그 혜택을 받고자 서류 수속하는데 여러 가지가 사정이 복잡해서 1년이라는 시일이 걸렸다.

대학이라는 보호막도 걷히고 군대를 가야만할지 막막했다. 維新 시절이었고 내 여린 감수성이 사회에 나가 과연 적응할 수 있을지 불안한 시간이었다. 졸업 후 1년간은 취직을 대비해서 4년간 놀던 공부를 벼락치기로 했다.

영어야 고등학교 때 닦아 논 기본이 좀 있었고 상식은 남보다 다소 많이 읽은 책으로 때울 수 있었으므로 전공만 수험서로 달달 외우는 것은 어려운 일은 아니었다. 틈틈이 시를 쓰고 화요문학 동인들과 매주 모여 합평을 하면서 나름대로는 문학을 더 치열하게 공부했다.

이때 같이 공부한 문인들이 이완형 · 김정호 · 권오영 · 우진용 · 양애경 · 임우기 등이 있고 후배들로 심상우 · 지원종 · 권덕하 · 김상배 · 송은숙이 있었다.

기성세대의 가치관에 식상한 프롤레타리아 치식인임을 자처하던 시절 동료들은 유행처럼 민중을 향한 문학을 표방하기 시작했고 기껏해야 neo marxist들의 이론이나 좀 쳐다보던 나는 사회과학에는 별 취미가 없어 미학과 서양철학사 동양철학사를 읽기 시작했다.

머리는 장발에 가슴에 감수성만 가득했던 정열로 프로이드 융 · 엘리아데 · 레비스트로스에 심취해 개인의 자아와 존재의식 우주에 대한 문제들로 지적 방황을 했다.

20대는 행복의 모습이 異性의 모습을 하고 있다고 누가 그랬던가? 대학 말에 시작한 서투른 연애는 현실을 아직 잡지 못한 문청과

▶졸업 후 77년 겨울 눈 내린 겨울날, 오버를 걸쳐 입고 공원에 산책을 나갔다가 한 컷

졸업 후 현실이 중요한 혼기의 여자가 서로 가 딛고 선 자리를 확인한 순간 무너져 버렸다. 환상이 깨지고 깊은 감정의 상처를 안은 나는 여자를 뿌리 깊은 불신으로 바라보기 시작했고 그 상처가 3년을 이었다.

이때부터 여자에 대해서는 결벽증이 생겨서 마음 깊이 원하면서도 현실에서는 보이지 않는 여자를 대신해 예술과 철학으로 경도되었고 현실의 여자는 나와 인연이 없는 것으로 간주해 직업적인 구도인이 되어볼까 생각하기도 했다.

108

▶84년 봄 신혼여행지인 서귀포에서 아내와 함께
당시는 모두 제주도가 최고의 코스였고 우리도 예외는 아니었다.

3. 결혼, 크놋소스의 미궁

원자력연구소에 취직을 하고 내 손으로 경제가 해결되자 비로소 현실생활에 눈을 돌려보았다. 주위의 친구들이 결혼을 하기 시작하고 가정이라는 사회형식이 사회인으로서는 피할 수 없는 존재 조건임을 알아차렸다.

정신의 자유를 위해 예술이나 철학을 공부해 독신으로 구도생활을 할까 남들과 같이 현실인으로 살아야할까 하는 갈등이 있었다.

그러나 예술로서 입신하리라는 보장도 없었고 집안의 생계를 책임지게 되자 더 이상 나만을 위한 여유가 없었다. 현실에서는 상식인으로 이상에서는 예술인으로 두 마리 토끼를 잡아보기로 했다. 나야 겉으로는 원래 모범생이었으니까 공부하듯이 하면 될 줄로 착각했었다. 인생이 공부로 되는 일이 아닌 것임을 왜 몰랐을까.

소개를 받아 지금의 아내와 교제를 시작했다. 결혼이 과연 옳은 일인지 내 존재 깊은 곳에서 망설임이 있었는데, 서울신문 신춘문예에 당선되고 사회적으로 시인이라는 관사가 붙자 다소 자신감이 생겼다. 연구소에서도 결산담당자로서도 능력을 인정받기 시작했다. 회계결산을 수작업으로 하는 일이 지겨워 어깨너머로 공부한 cobol로 전산실 윤상호·강신복과 함께 출연연구소에서는 가장 먼저 연구소 회계처리를 edps화시켰다.

사회적으로도 내가 무능하지 않다는 확신이 들자 가정을 가져도 된다는 생각이 들었다. 결혼이라는 것이 복잡한 현실관계와 실존들의 모자이크여서 크놋소스의 미궁을 끝없이 돌아도 출구가 잘 보이지 않는 미로임을 모른 채.

살아보니 학문과 예술, 현실과 결혼은 서로 대립항의 함수였다. 한 쪽만 추구해도 성공할까 말까 하는 인생을 내가 너무 쉽게 생각했었다. 사회적으로 인정받는 삶을 위해선 에너지의 집중이 중요한데도 양쪽에 발을 걸어 놓은 기회주의자의 태도를 가졌으니 벌써 기본자세부터 갖추지 못한 셈이었다. 선현들의 말씀을 읽고서도 자신의 몸으로 체험하지 않고서는 이 진실을 모르게 된다. 운명이란 바른 선택으로 인해 양지로 나가는 길과 착각 때문에 먼길을 돌아가야 하는 고해와의 대면임을.

4. 아이들, 축복 또는 업장의 바다에 태어난 섬

둘째인 재림이가 성모병원 재활의학과 물리치료실에서 bobath치료를 받고 있다. 1년이 되도록 발로 서지 않는 아이를 의심해 나온 진단은 '양하지 강직성마비'. 8개월 조산이 원인으로 보이는 이 현실 앞에 선 당황과 분노.

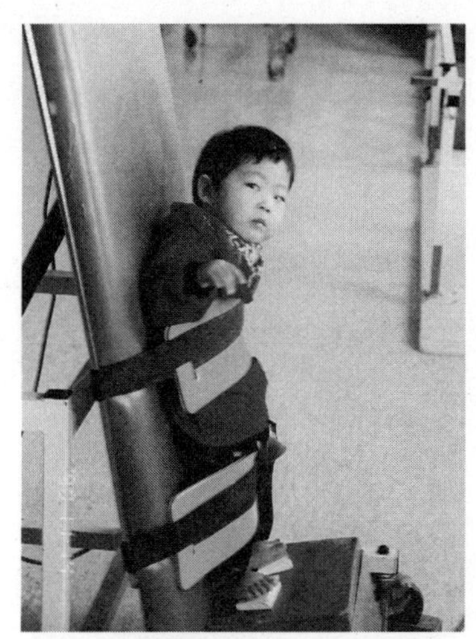

▶대전 성모병원 무리치료실에서 아들 재림이가
Bobath치료를 받기 전에 발목의 강직을
교정하고 있다.

이때부터 10년간 성모병원 물리치료실을 출근하게 되는 우리가정의 비극. VOYTA 치료시 받는 아픔에 병실이 떠나가라고 우는 재림이의 모습. 미루고 미루다가 결국은 강동성심병원에서 받은 척추수술. 국민학교에 다니면서 여수 병원에서 다시 받은 근육수술.

이 때 한의에 관심을 가져 한의서 책도 좀 보고 고명하다는 분에게 마산에서 기 치료도 받았으며 수침개발자인 남상우선생 따님에게 수침치료를 받기도 했다. 투망식으로 접근한 치료 덕이 있었는지 모든 어려움도 어린아이의 생명력을 훼손시킬 수는 없었는지 지금은 지팡이를 짚고 걸을 수 있는 정도가 되어 정상학교를 다닌다.

이런 현실 앞에 시를 쓰는 일은 공소했다. 아들의 고통과 내 내면의 아픔을 시로 표현한다고 해서 내 인생에 달라지는 것이 무엇인가. 시란 감정의 고급표현이어서 정신이 귀족인 사람들의 문자 유희인 것을…. 시를 추구한 생을 한 때는 후회하기도 했다. 그 보다는 내가 현실인으로 성공했을 때 아들의 일생에 좀 더 도움이 되었을 것을… 무능한 아비라는 자책감이 있었다.

▶96년 5월 재림이가 누나인 하림이와 아파트 옆 화단에서

다리가 불편해서 화단 턱에 앉아 세상을 향해 웃고 있는 이 모습이 생의 모든 어려움을 이기고 살아야하는 이유를 말하고 있다.

어떤 형식이던 생이란 우주의 축복이며 존재의 꽃이므로 그늘아래서 바라보는 부모의 마음이 아무리 어두워도 아이들은 지기만의 밝은 세상을 향해 싹을 틔워 나간다. 그 미래를 향해 한 발자국 한발자국 걸어간다. 그 미래가 잘 설계가 되지 않아 길바닥에 길을 그려보고 지워보고 하는 연습을 반복하면서.

5. 단전호흡, 그 신비의 세계

30대 후반에 언어혐오증이랄까 책 혐오증에 깊이 빠졌다.

기호로 적힌 이론은 아무리 내용이 훌륭해도 기호일 뿐 기호가 지시하는 사물자체는 아니므로 머리로서만 이해하는 진리의식이 다 환상일거라는 생각이 들었다.

그렇다고 선문답 같은 것도 언어를 완전히 떠나 있는 것은 아니어서 선문답이 지시하는 "본래면목"이 무엇인가는 짐작은 되었지만 수행을 통하지 않고는 체험이 불가능하다는데 문제가 있었다. 물리 쪽에서 본 소립자나 양자역학의 세계도 이 우주가 고정된 실체가 없음을 증거하고 있었다

어차피 뛰어난 지력이 아닌 바에야 책으로 세계를 이해하는 데는 한계가 있을 것이고 마침 몸도 좋지 않아서 단전호흡을 해보기로 하였다. 초월명상과 요가 기와 차크라 등의 자료를 뒤적여보았는데 외국인의 기준에 맞게 개발된 방법이 한국인에게도 맞을지 자신이 없어서 우리고유의 단전호흡인 국선도로 입문하였다.

6개월간을 도장에 나가 기초자세와 준비 체조 등을 익혔다. 그 후로는 도장이 번거로워 집에서 새벽과 저녁으로 나누어 집중 수련했다.

2개월 만에 단전의 열감을 4개월 후에 단전에 호흡이 뚫린 것을 느꼈고, 6개월 만에 발바닥 용천과 손바닥 노궁이 뚫린 것을 느꼈다. 호흡은 저절로 불이 당겨져 단전 내 호흡을 하기 시작했고 손바닥과 발바닥에서 나는 열은 기운으로 변해 내 손이 아플 줄 알면서도 벽이나 나무를 치고 싶어졌다.

그러나 너무 집중하다보니 흔히 "상기"라고 하는 병에 걸리고 말았다. 온몸이 쑤시고 몸살을 앓는 것 같았고 사무실에서는 답답해서 있을 수가 없고 밖으로 나가거나 숲 속에 가면 시원하였다. 고기가

역겨워지고 채소와 과일만 입에 당기고 음식을 조금만 먹어도 배고
프지가 않았다. 사람과 대화하는 것이 싫어지고 일상의 현실이 무의
미해지며 산에 가서 혼자 조용히 있고만 싶어졌다.

그러면서도 몸은 맑고 기운이 깨끗하다는 느낌이 들었으며, 둘 다
마이너스인 시력이 아침수련을 마치면 한쪽이 정상시력으로 사물을
볼 수가 있었다.

그러나 한 시간 쯤 지나면 원래의 시력으로 돌아왔다. 기운을 올
려 정수리에 있는 백회를 뚫어 보려 했는데 원래 약한 체력이라 기
운이 부족해서 그런지 잘 돼지가 않았다. 이 과정에서 기운이 머리
에 이르면 성적인 오르가즘이 느껴졌는데 여자와의 섹스보다도 더
깨끗하고 황홀하였다. 고서에서 말한 음양이 몸 안에서 이루어진다
는 의미를 알 수 있었다.

▶연구소 뒷뜰 벤치에 앉은 모습. 단전호흡에 빠져
오후에 한번씩은 맑은 공기를 찾아 나섰다.

어느 날 내 인생에서 가장 신비한 체험을 했다. 기운이 몸 가득히 끓어올라서 사무실에 도저히 앉아 있을 수가 없었다. 사무실 뒤 편 뜰로 잠시 바람을 쏘이러 나갔다. 사무실 뒤 건물 뜰에는 수국이 만발해 있었는데, 수국을 쳐다보니까 수국에서 일제히 은빛 광선이 나오고 있었다. 내가 헛것을 보나 싶어서 정신을 가다듬고 다시 옆 산에 있는 소나무를 보았다 소나무 침엽수 이파리에서도 하나하나 전부 은빛광선을 발산하고 있었다.

그 아름다움과 황홀함은 말로 설명이 어렵고 생명에 대한 깊은 경외감이 솟구쳐 올랐다. 정신은 고양되어 있었지만 그렇다고 이성이 흔들린 상태는 아니었다. 한 시간쯤 지나자 은빛광선은 보이지 않고 다시 사물은 평소대로 보였다. 그 후로는 다시 시도를 해도 은빛광선은 볼 수가 없었다.

문헌을 찾아보니까 "쿤달리니"의 저자 고피. 크리슈나(고려원미디어)가 나와 동일한 체험을 했고 나중에 우장춘 박사 전기에서 온실에서 식물에서 나오는 은빛광선에 대해 언급이 있었는데 이 분은 수련에 의한 것이 아니고 선천적으로 은빛광선을 보는 것 같았다.

나중에 생각해보니 나는 일시적으로 "킬리안" 사진에서 보던 생명체에서 나오는 오로라를 본 것으로 이해되었다.

그러나 수련에 따른 부작용도 만만치 않아서 수련을 접어야했다. 우선 현실생활이 무의미해져서 일상생활을 계속할 수가 없었다. 상기가 되면 논리적인 사고가 힘들어졌고 "명현"이라고 하는 약간 술취한 상태가 되었다 음식도 생식에 가까운 것만 먹히고 화식으로 조리된 것들은 고통스러웠다.

더욱 문제는 사람들과의 의사소통이 어려워지고 이 세계만 추구하는 자폐증상이 나타나는 점이었다. 고수의 지도 없이 혼자 수련한 탓이었다. 그러나 속세에 사는 일상인이 어디 가서 고수를 만날 것

인가. 독신이 아닌 가정이 있는 사람이 수련하기에는 불가능한 일이
었다.

　그러나 내 인생에서 한 가지 확신은 소득이었다. 이 세계는 우리
의 오감이 인식하는 대로의 세계가 아니고 보다 신비한 세계라는
것. 우주는 신 과학자들이 이야기하는 "드러나지 않은 질서가" "드러
난 질서"와 함께 나란히 존재한다는 것. 시란 그 형식에 불문하고 드
러나지 않은 질서를 드러난 질서로 표현해서 이 세계의 신비함을 독
자와 나누는 일이라는 것.

북소리

초판 1쇄 인쇄 2002년 8월 5일
초판 1쇄 발행 2002년 8월 10일

지은이 / 김 백 겸
펴낸곳 / **새로운눈**
펴낸이 / 이 춘 호

편 집 / 이 지 현
영 업 / 장 기 봉
등 록 / 2002년 4월 19일(제1-3031호)
주 소 / 110-071 서울 종로구 당주동 32 황금빌딩 302호
전 화 / (02)722-6603
팩 스 / (02)722-6604
E-mail / dangre@dangre.co.kr

ⓒ 김백겸, 2002

ISBN 89-952999-3-2* 03810
새로운눈- 아름다움과 진실을 당신과 더불어 살피는 눈입니다.